Cebras y picabueyes

Lada Josefa Kratky

La cebra vive en África y pertenece a la familia del caballo y el burro. De los tres, es ciertamente la más llamativa. Se reconoce fácilmente por sus rayas. La realidad es que no hay dos cebras exactamente iguales. Cada una es única.

Se sospecha que las rayas sirven de protección a las cebras. Cuando hay muchas cebras paradas juntas, ¡es difícil distinguir dónde empieza una y termina la otra! Además, se pierden entre los pastos altos que comen.

Un león se acerca silenciosamente a un grupo de cebras. De repente se oye un fuerte chillido. Es un picabueyes, que desde el lomo de la cebra así avisa que se acerca el predador.

La manada de cebras se pone a correr. Corren con agilidad y fácilmente alcanzan una velocidad de 35 millas (55 kilómetros) por hora. Corren en zigzag para evitar al predador. Además del león, los enemigos de la cebra son el cocodrilo y la hiena.

Los picabueyes son dos especies de pajaritos pequeños. Una especie tiene el pico rojo. La otra lo tiene amarillo y rojo. Sus patas cortas les permiten agarrarse firmemente de los pelos de la cebra, aun cuando la cebra está en movimiento. Los picabueyes usan su pico, que es corto y fuerte, para arrancar y comerse las garrapatas y otros insectos que hallan por el cuerpo de las cebras.

Los picabueyes se encargan también de la limpieza de otros animales, como búfalos, antílopes e hipopótamos. Además de comer garrapatas, los picabueyes se alimentan de la sangre de las heridas que las garrapatas causan. Por eso, además de limpiar, también molestan, y se ha visto a elefantes espantarlos cuando tratan de posarse en su lomo.

Los picabueyes, que igualmente podrían llamarse picavacas, picacebras o picarrinocerontes, viven en las sabanas de África. Las sabanas son llanos donde crece bastante hierba, pero pocos árboles.

Grandes manadas de cebras, antílopes y otros animales viajan por las sabanas constantemente, en busca de nuevos pastos. A los picabueyes no les faltarán "clientes" que puedan limpiar a cambio de una buena comida.

Los picabueyes viven en huecos en los troncos de los árboles. Usan hierba y pelos de animales, como la cebra, para forrar su nido, en el cual ponen típicamente dos o tres huevitos.

La cebra en realidad no les presta atención a los picabueyes, aunque ellos eficazmente se le metan hasta en las orejas, los ojos y el hocico para buscar garrapatas.

Cada pajarito come centenares de garrapatas al día. Y aunque también lastime sus heridas, la cebra parece apreciar sus servicios.

La cebra y los picabueyes tienen una amistad un poco rara: viven juntos y parecen ayudarse uno al otro, pero ni siquiera se dan las gracias.

Glosario

agilidad *n.f.* destreza y capacidad de moverse rápida y fácilmente. *Para jugar fútbol hay que tener mucha **agilidad** con los pies.*

---

cliente *n.m. o f.* persona a la cual alguien presta un servicio profesional. *Mi mamá es peluquera y tiene muchas **clientes** que la visitan todos los meses.*

---

eficazmente *adv.* de modo efectivo y que produce buenos resultados. *Mi papá y mis hermanos **eficazmente** transportaron nuestros muebles al nuevo apartamento.*

---

forrar *v.* cubrir el interior de algo. *Esta chaqueta abriga mucho porque está **forrada** con seda.*

---

pasto *n.m.* hierba de la cual los animales se pueden alimentar. *El ganado necesita **pasto** abundante para crecer bien.*

---

típicamente *adv.* De la manera que es más característica o usual. *En los países latinos los niños **típicamente** llevan uniforme a la escuela.*

---

zigzag *n.m.* línea o movimiento con cambios de dirección de un lado a otro. *El entrenador nos dijo que si corríamos en **zigzag** engañaríamos a los jugadores contrarios.*

Cebras y picabueyes
Lada Josefa Kratky

Acknowledgments
Grateful acknowledgment is given to the authors, artists, photographers, museums, publishers, and agents for permission to reprint copyrighted material. Every effort has been made to secure the appropriate permission. If any omissions have been made or if corrections are required, please contact the publisher.

National Geographic and the Yellow Border are registered trademarks of the National Geographic Society.

For permission to use material from this text or product, submit all requests online at www.cengage.com/permissions
Further permissions questions can be emailed to permissionrequest@cengage.com

Photographic Credits:
Cover ©Herbert Kratky/imageBroker rf/Age Fotostock. **Back Cover** (bl) ©Piotr Naskrecki/Minden Pictures, (br) ©Photoshot Holdings Ltd/Alamy, (tr) ©Reinhard Dirscherl/Encyclopedia/Corbis, (tl) ©Tui De Roy/Minden Pictures. **1** ©Jason Gallier/Alamy. **2–3** (spread) ©Frans Lanting/Corbis. **4** ©D. Allen Photography/Animals Animals/Age Fotostock. **5** (t) ©Frans Lanting/Glow Images, (tr) ©Paul Souders/Photographer's Choice/Getty Images, (cr) ©Mike Hill/Age Fotostock/Getty Images, (br) ©Suzi Eszterhas/Minden Pictures. **6** (t) ©Fve Media/Alamy. **7** (tr) ©Willie van Schalkwyk/Flickr/Getty Images, (b) ©Theo Allofs/Terra/Corbis. **8** (br) ©Matthias Breiter/Minden Pictures. **9** ©Mary Ann McDonald/Visuals Unlimited, Inc./Getty Images. **10** (t) ©Frank van Egmond/Alamy. **11** (t) ©Fve Media/Alamy, (b) ©Nature Production/Nature Picture Library. **12** (tr) ©Panoramic Images/Getty Images.

For product information and technology assistance, contact us at
Customer & Sales Support, 888-915-3276

For permission to use material from this text or product, submit all requests online at www.cengage.com/permissions
Further permissions questions can be emailed to
permissionrequest@cengage.com

National Geographic Learning | Cengage Learning
1 Lower Ragsdale Drive
Building 1, Suite 200
Monterey, CA 93940

Cengage Learning is a leading provider of customized learning solutions with office locations around the globe, including Singapore, the United Kingdom, Australia, Mexico, Brazil and Japan. Locate your local office at www.cengage.com/global

Visit National Geographic Learning online at NGL.Cengage.com
Visit our corprorate website at Cengage.com

ISBN: 978-13051-14906

Printed in Mexico
Print Number: 04   Print Year: 2022

**¿Qué otros animales tienen rayas?
¿Para qué crees que les sirven?**

bongo africano

ronco asiático

gusano medidor

serpiente de la leche hondureña

Nivel C | Libro 23 | Sufijos *-mente, -dad*

NATIONAL
GEOGRAPHIC
LEARNING | CENGAGE
Learning·

To learn more, visit NGL.Cengage.com

1-888-915-3276

ISBN 978-1-3051-1490-6

90000

9 781305 114906

Nena

Lada Josefa Kratky

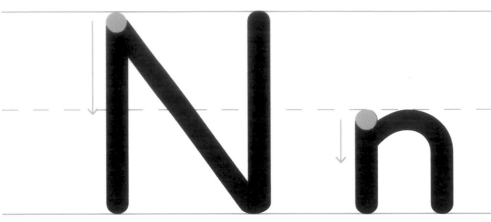

N n

Reconoce esta palabra

No   no

Aprende estas palabras

nutria